W0204701

Le Pré est vide mon cœur aussi

© La Bouinotte, 2013
ISBN : 978-2-915729-70-2
Coordination éditoriale : Gilles Boizeau
Conception graphique, composition : Laëtitia Maillot
Photos : Yvan Bernaer, sauf mention contraire.

Jean-Michel CLAVEAU

Le Pré est vide mon cœur aussi

Éditions La Bouinotte
26, rue de Provence, 36000 Châteauroux
www.la-bouinotte.com
2013

À tous les téléspectateurs
qui ont eu la gentillesse de suivre l'émission,
à tous ceux qui m'ont soutenu et écrit.

À Didier, et tous les candidats de la saison 6,
avec une pensée toute particulière
à Karine LEMARCHAND.

Sans oublier toute l'équipe de M6.

La première fois que j'ai croisé Jean-Michel, candidat de L'amour est dans le pré, j'ai eu la même réaction que tous ceux qui l'ont rencontré : « heu, Jean-Mimi de l'amour est dans le pré ? » Réaction idiote s'il en est…

Nous avons évoqué son passage télé nous ayant, à tous, laissé un souvenir ému.

Sentant son immense besoin de parler bien au-delà de l'émission, je l'ai invité chez moi et là, loin de la « star » du petit écran, j'ai, pendant de longues heures, écouté « les » Jean-Michel : l'enfant malheureux de Martizay, l'ado décidé à être, envers et contre tous, éleveur bovin, l'apprenti allant de ferme en ferme, le fils adorateur du père et marqué à jamais par la sécheresse maternelle à son égard, jusqu'au Jean-Michel postulant à l'émission de M6, empli d'espoir, de sincérité et de tendresse, qui toucha les téléspectateurs de tous âges.

Enfin, j'eus en face de moi le Jean-Mimi à succès reconnu dans la rue, invité dans les manifestations locales, jusqu'au Jean-Michel perdu, effondré, proche du suicide devant la perte de sa ferme et de ses bêtes tant aimées…

Et puis j'ai retrouvé l'homme, blessé par certaines femmes, déçu par le comportement aussi violent qu'insupportable des hommes, mais toujours debout avec un espoir touchant, de la tendresse, de l'amour à moissonner par champs entiers.

Alors, lorsqu'il m'a dit, les larmes aux yeux : « il y aurait de quoi écrire un livre », j'ai chaussé ma plus belle plume et je l'ai fait avec lui.

Mario Azerti,
écrivain privé et biographe

1

Je n'avais vu qu'une fois dans ma vie des yeux emplis d'autant d'étoiles brillantes…

C'étaient ceux de ma petite nièce devant un grand sapin de Noël illuminé au pied jonché de cadeaux.

Quand je vis ceux de Nathalie cet après-midi d'été, encore plus brillants d'étoiles, je pensais que le plus beau jour de ma vie était enfin arrivé. J'étais devant sa porte avec dans mes bras une jolie biquette…

Pas n'importe quelle biquette, non…

Sa biquette. Celle que nous avions vue dans un parc animalier quelque temps auparavant. Celle qui avait le petit cœur de poils blancs sur le front.

À cet instant et pour la première fois de ma vie, je vis les yeux d'une femme briller de bonheur intense. Je plongeais mon regard dans ces yeux océaniques tel un naufragé se jetant sur une île après un épuisant périple. Je plongeais dans cette immensité et enfin j'y étais bien. Même si mon cœur battait la chamade. Même si mes jambes tremblaient. J'étais le plus heureux des hommes.

Cette femme, là, qui fondait devant mon insolite cadeau, ne pouvait qu'être la femme de ma vie.

Love love… ainsi fut baptisée la chevrette.

Il m'avait fallu beaucoup intriguer pour qu'elle finisse dans les bras de ma Nathalie. Convaincre la production de l'émission de mon désir de lui offrir cette chèvre : ce qui ne fut pas le plus ardu. Ils acceptèrent de régler le transport et moi je payai la biquette, car je voulais profondément que ce cadeau fût le mien. Convaincre les patrons du parc animalier où vivait cette chèvre naine qu'elle me soit vendue. Convaincre un ami de me l'amener le jour J à l'heure H au bout de la rue de ma belle. Convaincre ma belle que le téléphone qui sonnait alors que je venais juste d'arriver chez elle m'obligeait à rentrer en urgence à ma ferme, mon vacher ayant un gros pépin. Aller au camion ami chercher la biquette sans que, bien sûr, elle ne manquât de m'échapper… La tenir dans mes bras tout en sonnant au portail de la dame.

Mais sa surprise et son bonheur furent si intenses que j'oubliais bien vite le chemin parcouru avant que de pouvoir la lui mettre dans les bras.

Je la vois encore et la verrai toute ma vie, étonnée d'avoir cette petite chèvre qui ressemblait comme une sœur jumelle à celle pour qui elle avait eu un total coup de foudre alors que nous visitions le parc animalier.

Il lui fallut du temps pour comprendre qu'il s'agissait bien de « sa chevrette » et non d'une pâle copie conforme. J'ai pensé à cet instant précis que « Love love » allait sceller notre amour naissant.

« Love love » lâchée dans sa nouvelle résidence (à savoir un petit parc chez Nathalie), les yeux toujours aussi brillants, nous partîmes pour une petite promenade romantique dans les sous-bois proches de chez elle. Ce fut en cheminant que nos mains se trouvèrent et se serrèrent dans une complicité muette…

alors que nos regards et nos sourires confirmèrent l'intense tendresse qui naissait entre nous.

J'étais sur un gros nuage de bonheur nouveau. Intérieurement, je remerciais le ciel, Dieu, Cupidon, Love love, « L'amour est dans le pré », les petits oiseaux gazouillant en sous-bois et le monde entier de me donner enfin cette plénitude de bonheur intense autant que nouveau pour moi ; moi le fils maudit, non désiré, mal aimé, qui poussa dans un environnement hostile, qui souffrit d'un manque d'amour jusqu'à ce jour béni des Dieux. Moi le petit éleveur timide, travaillant jour et nuit pour, seul contre vents et marées, monter de toutes pièces ma ferme et mon élevage.

J'étais un homme enfin heureux. Elle était une femme heureuse. Nous étions des amoureux heureux.

La soirée se passera comme toutes les soirées d'amoureux, autour d'un repas, entre éclats de rires et sourires tendres. Chacun rejoindra sa chambre pour une nuit peuplée de rêves d'avenir en couleur et cinémascope.

Ce fut le même homme amoureux qui la retrouva au petit déjeuner. Elle paraissait toujours aussi heureuse. Pas une seconde je ne me posais des questions quant à ses sentiments pour moi, noyé que j'étais dans ce bonheur nouveau et tant espéré.

Je décidais de l'inviter au restaurant pour déjeuner. Elle accepta, souriante et gaie. Le repas sera à l'image de notre romance naissante, entre sourires complices, regards brillants et infini bien-être : le genre d'instants si rares qu'on voudrait qu'ils durent éternellement.

La dure réalité revint au galop. Là-bas mes vaches m'attendaient.

Et les meilleures choses ayant une fin, l'après-midi, elle dut me raccompagner à la gare. Nous arrivâmes trop tard. Les trains ne badinent pas, fut-ce avec l'amour. Ma belle me laissa donc sur place pour elle aussi retourner vers son quotidien. J'étais censé prendre le train suivant. Mais fatigué par tant d'émotions, je m'endormis comme un bienheureux, la tête sur mon sac de voyage. Le réveil fut brutal, car le train de dix-sept heures venait de me passer sous le nez. Au risque de contrarier monsieur Richard Anthony, un train qui part, ce n'est pas toujours si triste qu'il le chante si bien et c'est plutôt d'un bon œil que j'ai vu celui-ci s'éloigner sans regrets, pensant de suite que j'allais pouvoir retrouver ma belle et, le hasard ferroviaire faisant bien les choses, passer une soirée de plus en sa compagnie.

Un taxi me tendait les bras, et je pensais que dans quelques minutes, elle allait me tendre les siens. En route pour la maison du bonheur. La surprise fut grande, pour elle, de me retrouver à sa porte. Pour moi de la retrouver en colère. Ma présence l'incommodant, elle s'énerva vertement, jusqu'à l'insulte, allant même jusqu'à me reprocher d'avoir sciemment loupé ce train.

Le ton montant chez elle, le dépit grandissant chez moi, je repris mes bagages et repartis vers un hôtel local pour passer la nuit.

Elle me recontactera très vite par téléphone pour reconnaître qu'elle n'aurait pas dû s'énerver ainsi, regrettant de m'avoir carrément mis à la porte de chez elle après l'épisode du train raté.

Quelques jours plus tard je recevrai un bel et gros bouquet de fleurs avec ses excuses. L'espoir renaissant chez moi ensoleilla ma reprise du quotidien. Mais au fil des conversations téléphoniques je sentais une femme indécise. Une danseuse de tango. Un pas arrière. Deux pas en avant.

Bien vite les appels devinrent tendus pour ne pas

dire agressifs. Je ne supportais plus ses hésitations. Elle voulait bien… sans vouloir… tout en voulant…

Après le tango, la valse hésitation eut raison de ma patience ou de mon impatience. Toujours est-il que je pris la décision très douloureuse de mettre un terme à cette relation unilatérale.

Bien sûr elle ne quitta pas mon cœur et envahit ma tête. Pourquoi ?

2

Si j'étais arrivé devant chez elle la biquette « Love love » dans les bras, ce n'était pas par hasard. Il y avait eu les cinq journées passées dans ma ferme. Il y avait eu mon choix, le soir de l'ouverture du courrier en prime time à la télé.

J'avais reçu une trentaine de lettres. Karine Lemarchand me les avait remises dans un petit panier. Je les avais ouvertes fébrilement. La sienne m'était parvenue avec, dedans, cette phrase qui a tout déclenché : « hier soir j'ai fait une mousse au chocolat : elle était aussi délicieuse que toi ».

Avec Nathalie, j'avais aussi choisi Alexandra pour remplacer Isabelle, mon premier coup de cœur, qui, comme moi, avait eu une enfance très douloureuse et qui, comme moi, était en désir de bébé, idée qui me ravissait. Malheureusement le hasard et une maladie impromptue l'empêchèrent de venir à mon invitation. Elle fut donc remplacée par Alexandra.

Les cinq jours à la ferme devaient être idylliques. C'était sans compter sur la complicité qui peut unir deux femmes, fussent-elles rivales. Je leur offris deux chambres. Elles décidèrent de dormir ensemble dans une seule. J'allais apprendre que Nathalie avait téléphoné et sympathisé avec Alexandra des semaines durant avant leur arrivée à la ferme. Elle aurait eu peur d'être seule avec moi. Même si Nathalie, arrivée la première, me disait avoir été stupide d'inviter Alex, pensant que c'eut été bien mieux que nous passions ces jours en tête-à-tête. Dur dur d'être un candidat à l'amour face à deux jeunes femmes qui sont rivales-complices. Dur dur de comprendre une femme… alors deux…

La semaine, qui se devait d'être merveilleuse,

tourna vite au cauchemar. Ma préférence pour Nathalie déplaisant à Alexandra, elle fera tout pour nous pourrir cette complicité, allant jusqu'à décider d'anticiper son départ d'une journée sachant qu'elle précipiterait ainsi celui de Nathalie qui préférerait partir avec elle plutôt que de passer la dernière journée seule avec moi. Le voyage en amoureux proposé par l'émission qui devait se faire en Espagne fut lui aussi annulé par Nathalie sans explication. Elle avertit la production par sms trois jours avant le départ, sans me prévenir, alors même que je l'avais eue la veille au téléphone !

La chanson de Joyce Jonathan « Les Souvenirs » que j'ai fait écouter à Nathalie avant son départ, qui l'aura émue au bord des larmes… « *Si tu devais me quitter sache que je t'attendrai toujours* » n'aura pas eu l'effet escompté, même si elle me rappela pour m'inviter à passer deux jours chez elle. Ces deux jours préparés avec amour. Elle avait rallumé en moi la flamme. La biquette Love love avait rallumé en elle de belles étoiles.

Un train que je n'ai pas entendu siffler aura lui balayé notre idylle comme le feu de paille qu'en fait nous avions allumé. J'avais senti en elle une appréhension au bonheur. Une force pour se retenir à devenir heureuse. Elle se renfermait sur elle-même, un peu à l'image de son habitation qui était assez hermétique, sans ouverture sur l'horizon.

Pourquoi ? Aujourd'hui encore je me pose la question, à défaut d'avoir pu la lui poser.

Elle réapparaîtra un an plus tard en me téléphonant pour m'expliquer qu'elle avait été bête de ne pas avoir insisté pour que l'on essaie de faire vivre notre histoire. Elle cherchait à savoir si une autre femme l'avait remplacée dans mon cœur, si nous pouvions tenter une nouvelle rencontre. Démarche qui, au lieu de me mettre en joie, m'interpella et ne manqua pas de m'intriguer. Je verrai très vite que son appel et sa soi-disante tentative de replâtrage des morceaux de notre histoire brisée n'étaient en fait qu'inquiétude de sa part car nous arrivions à la date de l'émission « Que sont-ils devenus ? », où, sous la houlette de Karine Lemarchand, tous les agriculteurs de la saison passée viennent dire ce qu'ils sont devenus.

La vision très personnelle qu'elle donna de notre romance finit de consumer mes sentiments pour elle et m'encouragèrent à mettre un vrai et gros point final à ce qui, de toute façon, était déjà bien enterré sinon mort. Une de perdue… Sans doute beaucoup de retrouvées… Et elles ne me reprocheraient pas d'avoir loupé le train, elles.

3

En entrant dans la cour de ma ferme, les larmes vinrent très vite embuer mon regard. Dorothée, mon amour de vache, m'attendait, heureuse de me revoir. Je la pris tendrement par le cou, lui murmurant quelques mots doux. Je reprenais ma place. Une place que je ne regrette pas d'avoir quittée quelques temps pour cette aventure mais… une place qui était la mienne. Une place que je m'étais faite tout seul, envers et contre tous, défiant tous les pronostics de la paysannerie locale. Je voulais créer mon exploitation. Je voulais vivre au milieu des vaches. Je voulais travailler dans mon élevage.

N'en déplaise aux empêcheurs d'élever en rond, j'y suis parvenu au fil de longues semaines, de longs mois, de longues années de dur labeur, quelquefois surhumain, mais toujours réjouissant. Je revenais à l'étable de départ, me demandant même si je n'aurais pas dû y rester.

Bien sûr, j'étais fier, n'étant pas fils d'agriculteur, d'avoir réussi à reprendre une exploitation, à la rentabiliser en pratiquant cet élevage bovin, moi qui, depuis toujours, vouais une passion sans borne aux vaches. Bien sûr, en me retournant sur ces dix années dévouées à mon travail, j'étais fier du résultat obtenu. Bien sûr j'étais fier. Bien sûr j'étais triste. Triste quand, le soir, je me retrouvais seul devant mon assiette de soupe, sans un regard doux, sans une voix tendre, sans un corps émouvant, sans un rire clair. Triste chaque matin de ne préparer qu'un bol de café et de ne pas avoir un plateau de petit déjeuner agrémenté d'une rose à monter à une douce endormie. Triste chaque midi de prendre un repas express debout dans la cuisine sans y avoir été accueilli par les baisers d'une femme aimée et aimante. Quand je regardais mon pré, si vert soit-il, je priais Dieu pour qu'un jour l'amour pousse dedans.

Le retour à la ferme avec sa charge de travail me permit d'effacer doucement ce qui fut, je l'avoue quand même, une grosse déception qui bouleversa le grand romantique que je suis, romantique qui plus est, en attente viscérale du grand amour depuis si longtemps.

Et à cet état vint s'ajouter celui de mes comptes qui, depuis deux ans, malgré un travail acharné, devenaient de plus en plus inquiétants.

Certes, l'élevage n'est pas une science exacte et souvent, à une ou deux années noires succèdent des embellies qui redressent la situation.

J'allais devoir me battre de toutes mes forces pour reprendre une gestion équilibrée qui me permette de continuer mon œuvre.

Je ne veux pas baisser les bras… je veux bien passer à côté du grand amour me disant que tout vient à qui sait attendre mais je ne veux pas passer à côté de ma réussite.

Adieu veaux, vaches, cochons, couvées… jamais !

4

Bien sûr le passage à l'émission a fait de moi « une starlette du petit écran »…

Je n'ai pas laissé les spectateurs indifférents… J'ai fait la une de plusieurs revues nationales et de journaux locaux. On ne porte plus le même regard sur le Jean-Mimi sorti de « L'amour est dans le pré » que sur le Jean-Michel petit éleveur Indrien connu seulement des coopératives agricoles et du bistrot du coin.

J'ai dû me mettre à l'informatique via internet et une page Facebook qui, post-émission, est devenue la place privilégiée de mes admiratrices de sept à soixante-dix-sept ans de tous horizons.

Dans la rue le succès ne se dément pas, je suis souvent accosté par des jeunes, très jeunes même, qui désirent un autographe, une photo.

Cela allant de la grand-mère qui veut me tricoter un pull pour l'hiver en passant par quelques minettes adoratrices aux messages délirants mais toujours sincères. Une autre grand-mère m'enverra même une couverture pour bébé, réalisée par ses soins, arborant des dessins de vaches et portant l'inscription « Le bonheur est dans le pré »... pour un premier enfant.

Je recevrai des paquets de cartes parfumées teintées de mots doux. Je recevrai des demandes en mariage. Je recevrai, sous toutes formes, des désirs d'avenir. Je recevrai même un string (propre) d'une jeune fille en fleur ne doutant de rien.

Plus sérieusement, ces marques d'amitié, d'amour, de folie douce ne manquent pas de m'émouvoir en me donnant quand même un peu le tournis, moi le petit paysan timide et solitaire devenu sans le vouloir une éphémère star nationale.

Régulièrement, des jeunes filles veulent me rencontrer, me parler et là parce qu'elles furent touchées par mon portrait et mon échec sentimental.

Deux développent des sentiments indéniables et envisagent l'avenir à la ferme…

« Et pourquoi pas ? » se dit le Jean-Mimi starisé.

« Et si elles voulaient juste s'amuser ? » se demande le Jean-Michel éleveur.

Sans avoir « la grosse tête », ce relatif succès grise un peu l'homme, et je céderai en pensant que peut-être ce grand amour tant attendu se cache derrière ces messages Facebookiens, fort de l'expérience de quelques agriculteurs qui, les saisons précédentes, trouvèrent le grand bonheur par des contacts noués après l'émission.

Je rencontrerai donc celle avec qui l'avenir n'apparaîtra pas clair du tout.

Ce fut la seconde entrevue qui chavira mon cœur. Elle se prénommait -ça ne s'invente pas- Nathalie.

Cette jeune fille avait vu mon portrait dans la présentation de l'émission. Avait-elle écrit ?

Il faut savoir que la production de « L'amour est dans le pré » ouvre les lettres envoyées à chaque candidat et en fait une première lecture pour éliminer les missives au contenu délirant ou loufoque. Toujours est-il que cette Nath bis nourrissait quelques sentiments à mon égard et que c'est après l'émission qu'elle entra en contact avec moi via ma page Facebook.

Pouvais-je une seconde, quand je murmurais à l'oreille de mes vaches, songer qu'un jour j'aurais un ordinateur, moi qui y étais réfractaire ? Pouvais-je une seconde songer que j'y ouvrirais une page sur ce réseau social pour y communiquer avec des milliers d'inconnus devenant mes amis ?

Nous commençâmes donc par des échanges amicaux avec cette Nathalie-là. Sa prose, son état d'esprit, sa compréhension de mon métier, sa douceur, me plaisaient de plus en plus au fil des échanges, échanges de plus en plus en plus intenses et profonds.

Je commençais à beaucoup aimer cette belle métisse qui se mettait à nu pour moi à travers des mots de plus en plus vrais et vibrants. Nous finîmes par échanger nos téléphones, et là nous régalâmes nos opérateurs respectifs, allant jusqu'à sept heures de discussions qui nous permettront de vraiment pénétrer dans l'intimité de l'autre sans fausse pudeur, sans appréhension, sans tabous. Au fil des unités dépensées nous nous tricotions un possible avenir ensoleillé.

Bien sûr, il devint impératif, pour ne pas dire impérieux, de nous rencontrer enfin, pour de vrai, après trois mois de flirt « virtuel »

Rendez-vous le deux août, onze heures douze, quai trois, gare Montparnasse…

Paris.

Elle vivait en banlieue. Elle m'attendrait donc sur le quai. Je la savais folle de coquelicots. Elle vint donc naturellement fleurie d'une superbe robe à gentils coquelicots…

Il est des élans qui ne trompent pas. La porte de mon wagon s'ouvrit. Je la vis souriante au milieu de son champ de coquelicots qui eut enchanté Mouloudji. Nous nous regardâmes intensément. Une force indicible guida mes pas entre ses bras. Nos bouches s'unirent pour un langoureux baiser d'amoureux transis…

Histoire sans paroles.

L'amour qui avait loupé mon pré naissait en cet instant magique sur un quai de gare.

Cette fois-ci j'entendis siffler le train…

Le train qui m'avait conduit vers elle…

Le train qui repartait enfin, sans un passager triste à bord.

Les huit jours qu'elles m'offrirent, elle et sa maman chez qui elle vivait, furent inoubliables autant que merveilleux.

Je fus adopté sans attendre par sa mère, alors qu'elle s'ingéniait à me faire découvrir Paris que je ne connaissais pas hors le bref passage pour le speed-dating lié à l'émission.

De la tour Eiffel à Montmartre en passant par le Sacré-Cœur et le Luxembourg, mes yeux brillants d'amour s'émerveillaient de ces découvertes au bras de ma belle.

Elle était prête à venir vivre à la ferme. Elle était prête à travailler avec moi. Elle était prête à partir sur le chemin de notre vie qui allait enfin être pavé de belles attentions.

Sa maman, d'une exquise gentillesse, heureuse du bonheur naissant de sa fille, nous offrit même un trousseau comme disait ma grand-mère, afin d'agrémenter le début de notre vie de couple.

Seule ombre à ce tableau, mais de taille, une affaire qui nous conduisit aux portes du palais de justice. Même entassés et surtout entassés dans une rame de métro aux heures de pointe, les amoureux sont seuls au monde, c'est bien connu.

Nous nous embrassions donc bien ardemment sans apercevoir qu'un petit malin jouait au paparazzi en nous mitraillant avec son portable.

Notre langoureux baiser dans la boîte, il se fit un malin plaisir de le vendre à un magazine people qui s'en fit un second en le publiant pleine page.

Un bonheur ne suffisant pas à notre paparazzi en herbe, il mit en ligne une vidéo du baiser volé via internet.

Cette intrusion dans notre vie privée déplut fortement à ma belle qui voulut rompre sur le champ. Il me fallut faire force de persuasion pour l'en dissuader et sauver notre histoire.

Je déposai une plainte en bonne et due forme par avocat interposé pour atteinte à la vie privée, vie qui n'est pas simple quand on est un peu connu.

Quatre mille euros versés par le magazine. Deux mille trois cents pour l'avocat. Et… mille sept cents pour le pauvre petit plaignant.

Morale de cette histoire : un bon arrangement vaut mieux qu'un mauvais procès. Moralité de cette moralité : ne vaut-il pas mieux être avocat que plaignant ?

L'arrivée à la ferme de ma Nathalie bis fut un brûlant charivari. Enfin une femme s'installait dans mes murs. Enfin aurai-je un plateau de petit déjeuner avec une rose à monter à ma belle le matin.

Le ciel se dégageait, l'espoir revenait, l'amour grandissait.

Les jours se tricotaient au rythme des vêlages et des traites, agrémentés de longs tête-à-tête et de promenades champêtres.

Les nuits, elles, brûlaient notre passion entre légèreté et profondeur d'un amour qui commençait à dire son nom.

Nathalie bis…

Nathalie jolie métisse…

Nathalie heureuse…

Nathalie rieuse…

Nathalie qui programmait fiançailles, mariage et bébé pour 2013…

Ma vie devenait si simple que j'en oubliais les problèmes de gestion. Je refaisais des plans d'élevage idyllique envisageant même d'agrandir le cheptel. Dorothée était heureuse de me sentir serein.

Passent les jours…

Passent les semaines…

Cela faisait un bon petit mois d'amour que nous vivions heureux quand elle commença à donner quelques signes de lassitude.

Je mis cela sur le changement sachant trop bien que l'on ne naît pas femme de paysan, mais qu'on le devient.

Alors, elle allait y arriver à force d'habitude me disais-je. Et quand elle me demanda d'aller à Paris chez sa maman chercher ses affaires pour définitivement s'installer dans notre nid d'amour j'y volai.

La fleur au fusil. La tête dans les nuages. Le cœur battant. L'espoir ensoleillé...

Tout arrivait à qui avait su attendre...

Je partis donc le cœur léger vers la capitale chercher les affaires de ma belle... il y avait six semaines que nous vivions ensemble.

Ce fut à l'aube de la septième qu'elle appela sa mère pour qu'elle vienne chercher les affaires par moi apportées huit jours plus tôt afin qu'elle puisse repartir par le train vers sa banlieue.

Les voyages forment la jeunesse mais déforment les cœurs. Je me retrouvais seul, à nouveau seul.

Oh ! J'avais usé jusqu'à la trame tous les arguments, toute ma salive et toutes mes larmes pour la retenir.

Elle m'avait dit être handicapée, car sans permis pour pouvoir de temps à autre quitter la ferme pour quelques après-midi de shopping en ville.

Qu'à cela ne tienne…

J'étais allé voir un ami patron d'auto-école pour qu'elle puisse sans délai d'attente prendre des leçons de conduite afin de décrocher très vite son précieux sésame pour la liberté. Rien n'y fit. Aujourd'hui encore je me demande pourquoi…

Pourquoi ?

Pourquoi ?

Son départ m'a, sans plus tarder, entraîné dans une spirale de désespérance.

Le soir, la traite de mes vaches finie, je rentrais chez moi et m'y enfermais dans le noir pour penser à elle avec une force qui rend fou.

Je sanglotais à gros bouillons aux mâtines sonnantes. Je bouillonnais à gros sanglots au soleil couchant. Et elle continuait à vivre dans ma tête, dans mon cœur, dans mes tripes.

5

De désespoir en désespoir, j'ai commencé à me laisser glisser doucement vers le néant, pensant à des solutions extrêmes.

Ne plus devoir vivre. Ne plus devoir penser à elle. Ne plus devoir vivre sans elle. Ne plus devoir. Ne plus pouvoir. Ne plus entrevoir. Ne plus savoir…

Je l'aimais trop…

Ma vie était en elle. Comment respirer sans elle ?

Les questions sans réponse se bousculent. Les

vaches deviennent des boulets. La vie devient un enfer. Je ne dors plus. Je ne mange plus. Je ne travaille plus…

À quoi bon continuer à vivre ?

Quand dans un éclair de lucidité je vois que mes vaches, qui ont toujours été ma planche de salut dans les coups durs, n'ont plus aucun intérêt, aucune saveur pour moi, alors dans un éclair de morbidité je vois que c'est la fin du monde.

Enfin… la fin de mon monde à moi.

Plutôt que de continuer à souffrir dans le noir, autant débrancher la lumière une bonne fois pour toutes.

Qui me regrettera ? Dorothée sans doute…

Mais elle sera la seule sur cette putain de terre où je n'ai plus ma place. Quant au ciel… pfff…

Si ça se trouve, y'a même pas de vaches là-haut ! Alors…

Alors la seule voie ne peut être que dans le silence.

La lumière vint de mon ex-beau-frère qui, bouffé par l'inquiétude, arriva juste à temps frapper à ma porte.

La lumière vint aussi de Didier, mon nouveau frère de cœur, qui ne lésina pas sur les appels téléphoniques plusieurs fois par jour, pour me soutenir, en sentant que l'irréversible connerie était proche.

À force de persuasion, d'insistance, d'humour et d'amitié, ils me poussèrent à reprendre une allure humaine en me proposant quelques jours de sorties hors de ma Touraine natale, vers la capitale.

Restaurants, bars, rues animées…

Jolies filles en goguettes…

Enfin une perfusion de vie, qui me redonna un peu le sens des jours heureux et l'espoir de jours meilleurs.

Mais c'était sans compter sur les sentiments qui, comme le chiendent, repoussent très vite et reviennent envahir le cœur en jachère.

J'ai repris le téléphone dix fois, cent fois pour appeler ma Nathalie bis… Elle était entrée dans mon cœur. J'aurais dû le fermer à double tour et jeter les clefs dans l'océan !

Dix fois, cent fois elle me raccrocha au nez.

Invité dans l'émission de télévision « ma vie après la télé », j'ai profité de l'antenne ouverte pour lui lancer un appel désespéré, via une chanson de Joyce Jonathan, chanteuse qui, décidément, aura beaucoup servi mes amours avortées.

Les paroles lui criant « *reviens, je t'aime* » dans la plus pure tradition de Christophe qui, depuis les années soixante, criait déjà les mêmes incantations vers une certaine Aline…

Mais mes cris se sont, comme les siens, perdus dans le néant.

De guerre lasse, j'appellerai mon ex-future belle-mère qui me dira sans précaution que sa fille ne voulait plus entendre parler de moi.

Fin de non recevoir que je reçus en plein cœur.

Une fois encore revenu à la case départ, je me retrouve face à Dorothée la fidèle.

Et à elle je parle. Je lui raconte tout.

Elle est ma confidente…

6

Après ce deuxième échec obscur autant que bouleversant, je ne peux pas ne pas mesurer le chemin parcouru entre Châtillon-sur-Indre, lieu de ma naissance et surtout Martizay, sémillante bourgade voisine où mes parents s'y installant, j'arriverai à peine né.

Ah ! Martizay…

Ses sept bistrots, son épicerie, sa poste, son équipe de foot…

Ses boulangeries et sa foire aux oisons…

Un vrai port de plaisance où tout le monde connaît tout le monde.

Martizay... Tu y nais... Tu y restes et tu y meurs ou tu la quittes très vite en n'y revenant plus jamais, exception faite de quelques inconditionnels qui reviennent un demi-siècle plus tard pour y retraiter en paix, fatigués d'être trop rentrés dans leur HLM bouffer du poulet aux hormones.

La région est au demeurant assez belle, enchâssée entre Châteauroux et Châtellerault, en ce Bas Berry, au centre de la Brenne, pays des mille étangs, paradis des chasseurs.

Pour moi, Martizay deviendra vite l'horrible bled de mon enfance malheureuse, mais ça, latitude et longitude n'y furent pour rien...

Papa s'installera à son compte en qualité de charpentier. Ma mère restera au foyer, avec mes quatre frères et mes deux sœurs, un demi-frère et une demi-sœur en sus.

Papa vouait sa vie à son travail pour nourrir cette grande fratrie et il y arrivait, ma foi, plutôt pas mal au prix de sacrifices énormes.

Ma mère, après quatre garçons, réussit enfin à avoir une fille. Elle en voulut une seconde et supporta très mal que, vilain petit canard mâle, je vins briser cette chaîne de féminines naissances souhaitées.

D'emblée elle me détesta. D'emblée j'en ressentis les conséquences. D'emblée je fus le mal aimé, celui à qui on ne fait jamais de bisous, celui jamais câliné sur le sein maternel, celui que l'on prive chaque jour de dessert, celui qui va à l'école mal fagoté… Celui qui est obligé d'aller manger chez la voisine, agricultrice avec son mari. Je l'aidais de temps en temps à faire la traite, soigner les bêtes et ramasser les œufs. J'y allais aussi souvent que possible pour retrouver une famille et, en plus de la pitance, profiter d'un peu de chaleur.

J'étais nourri et habillé souvent au fil des visites de ces tantes paternelles qui ne supportaient pas de voir un enfant aussi délaissé.

J'étais celui que les copains de classe sans pitié appellent « le manouche » tant il est mal vêtu.

Dans ce pays de huit cents âmes, je deviens très vite « le pauvre petit ».

Aujourd'hui encore, des anciens m'ayant vu à la télé ont fait le rapprochement et tous s'accordent à repenser à cette enfance douloureuse de mal aimé, mal nourri, mal habillé, mal perçu.

La vie était difficile, cela n'empêche pas les bons souvenirs. Mon père, en plus de son travail de charpentier, cultivait un hectare de jardin, produisant des légumes qu'il vendait aux cantines scolaires de la région. Nous possédions également 100 lapins qui fournissaient le même réseau, ainsi que quelques cochons et chèvres. Le soir, dès les devoirs terminés, j'assistais mon père dans ses travaux, je curais le té à cochons, soignait les chèvres, et cultivait même mon petit potager, que mon père avait aménagé sous un poirier. Longtemps, d'ailleurs, j'ai voulu devenir jardinier. Je n'ai pas de souvenirs de jeux, avec mes frères et sœurs. Les seuls jouets que j'ai reçus venaient ainsi de l'école.

Autre rayon de soleil dans notre vie, le chat Mimine, qui nous accompagnait chaque matin à l'arrêt de bus, à 500 mètres de la maison, et nous y attendait chaque soir. Et puis un jour, il ne fut pas au rendez-vous. On l'a longtemps cherché, partout. En vain. Un chasseur avait dû passer par là…

Pourtant, c'est dur de grandir sans les bras de sa mère, sans caresses, sans sourires…

C'est dur à huit ans de rentrer un peu plus tôt que

de coutume à la maison et de trouver sa mère nue dans la salle de bain en train de subir les assauts amoureux d'un jeune amant… C'est dur d'effacer ces images.

Dur aussi de très vite comprendre que l'homme de la salle de bain n'est pas le seul et que beaucoup d'autres viennent, de cinq à sept, se vautrer dans le lit conjugal.

C'est dur aussi de voir son père, rentrant à l'improviste, trouvant sa femme au lit sous le joug d'un de ses nombreux amants, décrocher sa carabine et faire faire à celui-ci le tour du village en slip.

C'est dur de voir son père baptisé « le cocu » par les bonnes âmes villageoises et de voir ce père, tant admiré, sombrer dans l'alcool pour oublier les frasques de son épouse.

C'est tellement dur qu'un jour, une assistante pas sociale du tout, viendra à la maison et se rangera du côté de ma mère.

Je viens d'avoir quatorze ans. Je suis placé à la D.D.A.S.S.

Cela ne mit pas fin aux souffrances. Plutôt, j'en découvrais de nouvelles, survivant dans cette institution. Ma mère voulait absolument m'empêcher de m'enfuir, pour que je ne puisse rejoindre papa...

Mon salut viendra d'un placement en famille d'accueil pour y trouver enfin une vraie « maman de cœur », hélas aujourd'hui disparue et qui, elle aussi, eut été fière de voir ma réussite professionnelle.

Comment ne pas penser aussi à cette autre famille chez qui, à ma demande, je fus placé en apprentissage et sans laquelle je ne serais pas devenu l'éleveur de vaches que je suis ?

Famille qui ne se borna pas à un chaleureux accueil mais qui prit en charge mon éducation d'homme, autant que celle d'éleveur, sous les conseils avisés du père, lui-même épris de vaches laitières, qui sut me transmettre doucement et avec amour tout son savoir.

Mon père, absorbé par son travail, souvent harassé par ses heures de labeur et tourmenté par les coucheries de sa femme, ne verra pas mon drame. Ou alors il n'en dira rien. Il finira par divorcer.

Et je reviendrai vivre près de lui, heureuse décision, car son affection et sa présence toute en chaleur me permirent de devenir ce que je suis...

Rester avec ma mère eut été un chemin de croix qui ne m'aurait mené nulle part.

Comment arriver à grandir avec une mère si peu aimante.

Papa était lui un vrai gentil. Très gentil. Trop gentil…

Il me quittera trop tôt, hélas.

Il eut été fier de voir son fils à la tête d'un élevage monté à la force du poignet.

Ma mère…

Je ne l'ai pas vue depuis dix-huit ans…

Je la sais, par informations volées, coulant des jours heureux dans une ville proche, « désespérée », comme elle me l'a si gentiment dit à la mort de mon père, que je ne sois pas parti avec lui.

Dix-huit ans sans la voir. C'est tellement mieux ainsi.

Je n'oublie pas qu'à mon départ en Savoie, elle a osé me demander de lui verser une pension alimentaire.

Juge, avocat, tracas…

Elle sera déboutée, ayant oublié qu'elle gagnait plus que moi.

Papa est enterré à Martizay et je ne traverse jamais cette bourgade sans passer lui dire quelques mots au cimetière local, comme je vais toujours embrasser nos bons voisins qui, eux, sont encore à côté de la ruine qu'est devenue notre petite maison que papa avait retapée de ses mains…

Dorothée m'entend-elle lui raconter cette vie qui ne fut pas un long fleuve tranquille ?

Long fleuve qui me charria jusqu'en Savoie où, à seize ans, je partis pour être ouvrier agricole et fuir mes parents venant tout juste de divorcer.

Ils ont pensé que j'avais fui au Québec, pays dont je rêvais petit. Ce fut donc près de Chambéry que je vis débarquer les gendarmes dans la ferme qui m'employait.

Malheureusement pour eux, j'étais alors majeur depuis quinze jours.

Je continuais donc pendant trois ans à travailler comme ouvrier sous le prénom de Jean, ayant, à mon arrivée, enlevé le « Michel », pensant ainsi ne pas être dévoilé, puisque encore mineur.

Le fleuve me traîna jusqu'en Suisse en passant par la Haute-Savoie, la Drôme, l'Allier pour revenir dans l'Indre et repartir la fleur au fusil dans le Loir-et-Cher où je devins officiellement remplaçant pour agriculteurs partant en vacances.

Ces voyages me permirent de rencontrer une jeune fille avec laquelle je vécus deux ans et qui, l'heure venue, me donna le choix entre elle… et mon désir de création d'élevage.

Le choix fut vite fait et la jeune fille vite oubliée.

C'était sans compter sur la perfidie de certaines femmes.

J'allais, moi le Jean-Mimi gentil, découvrir la vie, ses vilenies, ses haines, ses peines, ses arias, ses aléas.

Un an et demi après notre séparation, elle n'hésitera pas à comploter, avec l'aide de son frère, une rencontre chez elle pour me montrer un bébé dans une chambre.

- « si tu avais voulu, cette petite fille aurait pu être la nôtre »…

Coup de grâce qui me fit fuir en larmes.

7

Globalement ces longs voyages, tout en m'apprenant la vie, aidèrent intensément à ma formation professionnelle qui déboucha sur un Brevet Professionnel d'éleveur sans lequel je ne pouvais prétendre à toute installation.

Ce fut donc le premier juillet 2002 que je réalisais enfin mon rêve... Avoir ma propre ferme. Je l'achetais à un couple d'agriculteurs partant en retraite. Un achat bien entendu fait sous hypothèque puisque je n'avais pas le moindre sou vaillant en poche, après un dur combat avec les banquiers qui, ce n'est pas une idée rcçue, ne prêtent qu'aux riches.

Mais j'ai fini par tomber sur les deux exceptions confirmant la règle. Le couple d'agriculteurs vendeurs se révéla être d'une extrême bienveillance pour le jeune diplômé voulant si viscéralement vouer sa vie aux vaches. Le banquier, pas obtus, pensait que l'avenir appartenait à ceux qui voulaient se lever tôt, sous réserve qu'on leur en donne la possibilité.

Je fis donc l'achat du cheptel, vingt-huit vaches et du matériel agricole nécessaire, dont l'incontournable tracteur : le Massey Ferguson rouge qui avait bercé mes rêves d'enfant. De quoi donc commencer gentiment entre tracteur, vaches laitières et matériel de culture, l'élevage tant espéré.

Et puis un bonheur n'arrivant jamais seul, je pouvais, après soixante heures de dur boulot par semaine, me verser un salaire royal autant que mirobolant de... trois cents euros !

Mais quand on aime on ne compte pas et j'aimais tellement mes bêtes que je pouvais leur vouer ma vie pour rien.

Belle vie, certes. Belle vie voulue, certes. Belle vie voulue mais vide d'amour...

8

Il me fallut attendre un an pour croiser, dans un restaurant, une jeune fille qui viendra à la ferme avec sa petite fille.

Dix-huit mois d'amour cultivés avec soin et arrosés de tendresse infinie qui finiront tristement.

Le Jean-Michel éleveur élevait beaucoup. Le Jean-Mimi amoureux aimait beaucoup. La compagne sans vergogne profitera de ce travail prenant et de cet amour aveugle pour se servir en douce abondamment de ma carte bancaire après m'en avoir piqué aussi subrepticement le code. Je renonçais à déposer plainte à la gendarmerie, de peur qu'on lui retire sa fille. « *Je te les laisse, les 600 euros, mais j'espère que c'est pour ton enfant…* ».

Bien sûr, cela mettra fin à notre idylle non sans me laisser autant dépité que débiteur…

Fin de l'histoire.

Allez croire en l'amour après de telles désillusions.

Dorothée sait, elle, qu'à force de travail acharné, je suis arrivé à réaliser mon rêve d'élevage bovin, élevage dont elle est devenue la reine incontestée.

Il valait mieux être seul que mal accompagné. J'attendrai donc la cicatrisation de mes peines de cœur, celle de mes peines d'argent, pour enfin désirer à nouveau chercher l'âme sœur…

Quelques longs mois de solitude extrême plus tard, l'émission « L'amour est dans le pré » devenant mythique dans le monde agricole fit bien les choses en me laissant entrevoir la possibilité d'aller y découvrir ma moitié.

Un magazine traînant sur ma table attira l'œil d'un voisin venu prendre le café. Il m'encouragea à postuler…

Ce qui au départ était une sorte de pari auquel je ne croyais pas une seconde, finit par devenir réalité.

9

À l'écoute du message porteur d'espoir, m'informant que j'étais retenu pour la saison six de « L'amour est dans le pré », je regardais, par la fenêtre de ma ferme, mon pré où mes vaches paissaient doucettement en me disant que peut-être, bientôt, une jolie et douce jeune femme serait à mes côtés pour goûter cette carte postale pastorale idyllique.

Au début, ce n'était qu'un simple pari avec un copain. « *Tu devrais t'inscrire. T'es pas cap !* ». J'ai appelé, laissé mes coordonnées sur un répondeur. Trois jours plus tard, un casteur m'a contacté, me réclamant une photo et une « lettre de motivation » ! Je n'ai pas répondu tout de suite. J'étais encore dans l'idée que c'était un délire, avec un copain. Mais quinze jours après mon envoi, on m'a relancé : la production m'envoyait une caméra, pour réaliser un film de sélection.

J'ai invité deux copains, qui ont témoigné séparément devant l'objectif. Trois semaines plus tard, une « Virginie » m'appelle : « *À ton avis, tu es pris ? Je te confirme, tu es sélectionné !* ». C'était incroyable.

L'équipe a débarqué à la ferme en août. La rencontre avec Karine n'a pas été arrangée : je ne l'ai pas vue avant le tournage, nous nous sommes découverts devant la caméra. Elle est venue m'aider immédiatement, je donnais des granulés aux vaches. C'est à cette occasion qu'a été réalisé le portrait, qui passera au mois de janvier suivant.

Deux mois passent, après la diffusion, le temps que les courriers arrivent…

Pendant ce temps, j'ai commencé à donner des interviews, pour les magazines télé, people. J'ai même fait la Une de Télé-loisirs ! Des gens ont commencé à venir me voir à la ferme. C'est aussi là que j'ai commencé à ressentir la jalousie de l'entourage…

Et nous nous sommes finalement tous retrouvés, les candidats, à Paris, en février. Avant, on nous a présenté à un psy…, même le casier judiciaire a été vérifié !

Je suis monté seul à Paris, taxi à la gare. Je m'en rappellerai toute ma vie : la première personne que j'ai vue, c'est Didier, que je considère maintenant comme mon frère. Après l'hôtel, ce fut le restaurant, un repas en silence, jusqu'à l'arrivée de Karine ! J'étais juste à côté d'elle. Le lendemain, on a découvert les courriers… Pour certains d'entre eux, c'était n'importe quoi ! J'en ai sélectionné huit, trois sont venues.

J'ai failli arrêter l'émission car mon coup de cœur, Isabelle, n'est pas venue. Elle était malade, paraît-il. J'ai même vérifié en l'appelant…

Au final, j'ai choisi Nathalie et Alexandra. La rencontre s'est faite sur une péniche, sur la Seine, près de la tour Eiffel. Un peu intimidant au départ, entre les caméras et les micros !

Plus tard, elles sont venues à la ferme pour l'enregistrement de l'émission. Cela faisait 22 ans que je n'avais pas pris de vacances. Mon cœur s'est porté sur Nathalie. Mais quand j'ai demandé à Alexandra de partir, les deux ont finalement fait leurs bagages…

10

Les heures sombres passées entre Martizay, la D.D.A.S.S. et ma vie de jeune éleveur en devenir ne s'effaceront jamais mais elles s'estompent quand dans la rue on m'arrête d'un « Oh ! Jean-Mimi ». Les mauvaises heures ont une fin et, quand j'ai pu faire l'émission, j'ai rangé ces souvenirs nauséabonds dans un coin de ma mémoire et je me suis lancé devant la caméra tout sourire, même si mes premiers pas sous les projecteurs ne furent pas faciles pour le grand timide que j'étais. Aujourd'hui, je ne regrette pas une seconde cette initiative : j'ai vécu de belles heures avec tous les gens de l'équipe de M6, de moins belles avec les filles, même si je n'ai aucune amertume envers les deux prétendantes.

Et puis, à défaut d'avoir croisé l'amour, j'ai rencontré Didier, notre marchand de melons du Languedoc et cette amitié solide efface bien souvent toutes mes désillusions. Et pourtant celles-ci sont très vite venues noyer mes joies cultivées au fil de l'émission...

J'avais de plus en plus de mal à payer les dettes envers les fournisseurs.

J'ai dû me débattre, sans aide, dans les méandres de l'administration et continuer à travailler encore plus durement. J'ai aussi dû me résoudre à vendre quelques-unes de mes vaches.

Certes depuis deux ou trois ans les affaires étaient difficiles, les dettes s'accumulaient, le redressement judiciaire se dessinait.

Mais en redoublant d'efforts, je faisais tout et plus pour maintenir cet élevage, créé dix ans plus tôt, en état de marche. Mais il est tellement difficile avec une petite exploitation de faire face : maïs pour les vaches, blé pour la vente, entretien pour les machines... Beaucoup de soucis pour une petite rentabilité quand on ne possède que quelques hectares à exploiter.

Je fus obligé d'acheter du blé et de la nourriture pour que mes vaches puissent manger, ma propre production n'y suffisant plus. Il m'aurait fallu une trésorerie que je n'avais pas et les vendeurs ne sont pas des œuvres caritatives. Alors, un jour arrive où les comptes sont dans le rouge et où ils descendent vertigineusement vers le cramoisi. Aurais-je dû arrêter un ou deux ans avant ? Mais c'est difficile de se résoudre à baisser les bras quand on a passé sa vie à les lever haut chaque jour que Dieu fait. Et pas question d'appeler les amis croisés dans l'émission pour obtenir de l'aide. La fierté est quelquefois un vilain défaut. J'en avais fait une qualité.

Et puis, je sais trop combien ce putain de boulot demande d'efforts au quotidien, pour savoir que mes amis paysans ont aussi leur lot de tracas dans leurs propres exploitations.

Quand tout commence à péricliter, la notoriété acquise pendant l'émission se transforme vite, dans le village, en jalousie et en haine : pneus de la remorque crevés, abreuvoir à vaches percé, débroussailleuse volée, menaces de mort téléphoniques. Ce sont les gendarmes qui finiront par inviter ce gentil voisin à cesser immédiatement ses agissements. Ah ! la sacro-sainte entraide confraternelle de la paysannerie dans nos vertes campagnes ! Bien sûr, ayant été patron pendant dix ans, quand rien ne va plus dans les affaires on se retrouve con. Con et pauvre à la fois.

Bien sûr, l'État doit penser qu'en bon paysan, on a du foin dans les bottes, on a de l'épargne en caisse éponyme, on a du bas de laine débordant, du dessous de matelas épais…

Bien sûr, on n'a rien de rien.

Foin d'épargne, de liquidité, de billets cachés, foin de droit de passage par la case pôle emploi, le chômage est brut d'indemnités… Foin du RSA, du RMI, du banquier. Système D comme Démerde, comme Défait. Comme défunt.

Ne restent que les dettes et leur corollaire de charognards pendus à votre porte, main tendue quand, pas une fois pendant des lustres, ils ne vous la tendirent pour un salut…

Toute la campagne bruisse de vos arias, croule sous sornettes et balivernes. Le malheur de l'un fait le bonheur des autres. Les calculettes chauffent dans les chaumières, ils rajoutent vos hectares aux leurs, évaluent le bénef que générerait votre cheptel racheté à vil prix et revendu cher du kilo… Ils s'entendent comme larrons en foire :

— Je rachète les prés de « la Chénuère »…

— Toi ceux des « Carreau »…

— On se met en « coopé »…

— On fait exploiter par des journaliers…

— On attend que nos filles fassent beau mariage…

— On leur fait ainsi belles dots pardi !

Ni vu ni connu j't'embrouille… Tope-là mon gars ! Les chiens sont lâchés, la chasse est ouverte, les viandards sont là, les gosses se gaussent, les femmes se ferment, les vieux se vexent. Et toi pendant ce temps-là tu crèves…

Tout ça pour ça.

Te restent tes yeux pour pleurer, ta haine pour tenir debout, ta honte pour les ignorer, ton vieux fond d'espoir pour encore croire… Rebondir. Un verbe devenu à la mode. Pas à la mienne…

Comment rebondir, repartir, reconstruire, rejaillir, rebâtir après être passé de la lumière à l'ombre.

Le pré est vide…

Mon cœur aussi.

11

On ne choisit pas sa famille.

On ne peut que choisir ses amis. Et là, ce furent eux qui me choisirent.

Face de bouc, comme disent les Bodin's, nos Berrichons comiques au talent infini quand ils croquent la paysannerie locale…

Facebook…

Moi qui, six mois plus tôt, n'avais pas même d'ordinateur, pensant cette invention diabolique autant qu'incompatible avec la candeur de mes vaches, je suis devenu après quelques heures de cours une petite vedette du réseau social. Oh, je n'ai pas eu beaucoup à faire tant la déferlante à l'ouverture de ma page fut océanique ! Moi le petit Jean-Mimi, le petit paysan, le grand handicapé de l'amour, le grand perdant de l'élevage bovin, je suis devenu en quelques clics le sujet de toutes les attentions du monde entier. Enfin, de l'hexagone et quand même de quelques îles sucrées et lointaines. Me parviennent des messages d'amitié et d'amour fou, des soutiens de mamies gâteaux et de mamies tricoteuses, des déclarations de jeunes Africaines et des délires îliens. Des clubs se créent à mon nom et je reçois même des offres de reprises de ma ferme ! Je suis devenu une autre starlette… Comment avais-je pu toucher autant de gens de sept à soixante-dix-sept ans ? Comment avais-je pu intéresser autant de téléspectateurs, susciter autant d'amour ?

J'en suis aujourd'hui à mille amis. Et des amis pas si virtuels que cela.

Beaucoup sont passés de l'écran à la visite « pour de vrai » de ma ferme, du petit mot d'encouragement à l'invitation à venir passer quelques jours, en Bretagne, à Paris, dans les Landes, dans les Vosges, à la Guadeloupe ou au Sénégal.

Je pouvais au moins à présent être sûr d'une chose, cette grande majorité de femmes, de jeunes filles, ne venaient pas à moi avec l'intention de se caser à la ferme auprès d'un éleveur plutôt aisé pour y convoler en justes noces et finir leur vie dans la tranquillité d'un amour champêtre très calculé.

Il est devenu clair pour moi que l'épisode de la biquette « Love love » avait ému toute la France et même au-delà les frontières…

Bien sûr, je plongeais dans ces flots de phrases toutes plus douces les unes que les autres pour y réchauffer mon corps et mon cœur meurtris par le mal d'amour, le mal de vivre. Beaucoup de phrases résonnent encore en moi et me nourrissent.

« *J'espère que tu vas bien. Je m'appelle Delphine, trente-deux ans. Tu es beau, tu es beau garçon. Je suis amoureuse de toi depuis le début de l'émission.* »

« *Coucou Jean-Mimi, si tu as des problèmes, tu le dis. J'aime pas te savoir dans la merde. J'aimerais tant te voir en vrai. Céline.* »

« *J'ai envoyé un courrier via M6 avec mon tél… Je pense à toi si souvent. Isa.* »

« Monsieur j'aimerais faire votre connaissance. Alicia de Côte d'Ivoire. »

« Jean-Michel, je suis une vieille dame de quatre-vingts ans, j'ai regardé tous vos passages à la télé, vous êtes touchant, vrai, émouvant. Ayant appris vos récents ennuis, je vous souhaite un immense courage. Si vous avez besoin de parler n'hésitez pas : les vieilles dames sont là pour cela… Elles ont tout le temps devant elles. Je vous embrasse très fort. Mammy Tricot. »

« Lily… depuis que je t'ai rencontré pour être honnête avec toi, je pense sans cesse à toi… ça m'énerve un peu. »

« Lily… je suis amoureuse de toi c'est plus fort que moi. »

« Je te souhaite beaucoup de courage, tu es un être si attachant, je te souhaite tout le bonheur du monde. Anne de Toulouse. »

« Jean-Michel je suis un ancien gérant de société, je pense avoir un plan de redressement pour votre exploitation et pense qu'il n'est pas trop tard. C. Paris. »

Comment ne pas fondre devant de telles marques d'amitié, d'amour, de soutien. Un peu, beaucoup, passionnément.

Le baume au cœur aide à continuer à vivre à défaut d'aider à rebondir.

Les heures passées devant mon ordinateur à répondre à toutes ces attentions ont souventes fois adouci mes nuits quand le sommeil ne pouvait plus venir, englouti qu'il était par les actions délatrices, instigatrices, législatrices, destructrices, exécutrices.

Les heures passées devant mon écran ont souventes fois permis aussi de lier des amitiés profondes, des amourettes guillerettes ou des histoires un peu folles. Telle cette belle Nantaise qui, amoureuse de moi, m'accueillit chez elle où, de peur que je ne reparte, elle m'enferma trois jours et trois nuits.

Ou cette belle Belge de vingt-six printemps, croisée sur internet, qui après deux mois, m'invita près de Bruxelles, où je me rendis le cœur léger... Dormant à l'hôtel, car elle vivait « avec sa mère », elle m'invita à venir chez elle chaque jour de dix à dix-huit heures pour de tendres ébats, après lesquels elle me congédiait vertement. Ce fut au bout d'une semaine que je me rendis compte que si j'étais convié de jour, c'était parce qu'après dix-huit heures, son fiancé rentrait à la maison.

Triste constatation qui me fit remettre très vite le cap sur ma Touraine.

Amitiés nouvelles, mouvantes et émouvantes qui se sont ajoutées à celles restées entre les candidats de ma saison de « L'amour est dans le pré ».

Quelques repas furent organisés par certains d'entre eux dans une ambiance bon enfant avec des agapes lourdes en spécialités régionales, en cépages locaux et en chansons gaillardes. Mais l'émulation retombe assez vite. Chacun reprend très vite son dur labeur. Les exploitations agricoles ne laissent pas grand temps à la rigolade.

Je devins très ami avec deux belles ex-prétendantes d'autres agriculteurs.

Une réelle amitié se noua. Elles vinrent passer quelques jours chez moi et, échange de bons procédés je répondis heureux à leur invitation.

De toutes ces fêtes, un seul vrai ami resta fidèle. Didier notre producteur de melons en Hérault. Lui et sa très gentille maman m'accueillirent à bras ouverts. Ils furent là dans mes tempêtes et pas que dans mes modestes triomphes. Aujourd'hui encore, à l'heure où je ne possède plus rien, ils sont présents et j'ai maison ouverte au moindre souci. Je trouve chez eux le réconfort perpétuel qui me tient la tête hors de l'eau quand, souvent, j'ai envie de la laisser glisser loin tout au fond pour n'en plus jamais remonter.

Je connus ainsi la mer, grâce à Didier. Une grande première pour moi qui n'avais jamais quitté le Berry. Je connus Paris et le salon de l'agriculture, y croisant même un ministre qui nous reçut en ses murs. Je connus surtout la chaleur d'un vrai foyer chez des gens aimants et aujourd'hui, je mesure qu'honneurs, invitations, messages d'amour ou d'amitié ne vaudront jamais cette fraternité et cette famille que Didier et sa maman m'offrent sans calcul.

12

À cet instant du récit de mon aventure, alors que je reprends doucement mes esprits et le goût à la vie, adieux veaux, vaches.

Je dois vendre ma ferme au plus vite et par mes propres moyens si je veux éviter qu'elle ne soit bradée en vente aux enchères sur décision de justice via un médiateur.

Je trouve assez vite des acquéreurs pour mon matériel, pour mes bêtes et c'est la mort dans l'âme que je me séparerai des deux. Je m'effondre au départ du matériel car je vois dans ma main une liasse de billets que je vois s'envoler vers le mandataire qui représente un vil prix pour mes années de labeur.

Quant à la vente du cheptel, je préfère ne plus y repenser. Un malheur n'arrivant jamais seul, je suis obligé de faire piquer ma Dorothée d'amour pour cause de maladie.

Restera la ferme, quasi invendable. Quel jeune agriculteur possède les fonds pour elle ? Quant aux vieux, ils attendent la curée.

Moi j'ai tout perdu, alors ne pouvant tomber plus bas, je me dis que je ne pourrai que rebondir comme ils disent. En attendant faisons les comptes :

Plus de vaches, plus de ferme, pas de femme, pas de boulot, pas de droit aux indemnités de chômage... Je peux difficilement descendre plus bas. Que pourrait-il m'arriver de pire ? Mourir ?... Je suis déjà dans un coma avancé, alors... Et puis à qui manquerais-je ?... À ma mère ? Certainement pas. Je lui souhaite de vivre longtemps, mais la préviens qu'elle partira sans moi. À mes frères et sœurs ? À part Thierry, un frère resté proche dans mon cœur et dans notre région que je vois encore de temps en temps.

À part Alain, mon ex-beau-frère et mes trois neveux que j'adore, et que je fréquente beaucoup.

Les autres ne se soucient pas de moi depuis des lustres, critiques et acerbes qu'ils furent quand j'ai acheté mon exploitation, obtenu mon permis, commencé et réussi mon élevage.

Maintenant il ne peut rien survenir de pire, alors il m'est permis de penser que tout ce qu'il m'arrivera ne pourra être que bonheur. Sinon une belle vie. Enfin une vraie vie.

Retravailler, pourquoi pas comme ouvrier agricole chez un patron. J'aime trop ce milieu pour m'en écarter et puis c'est le seul que je connaisse bien et qui me passionne.

Et puis travailler comme tout le monde, avec de vrais horaires, des week-ends, des vacances. Je pourrai m'autoriser enfin d'avoir du temps pour me consacrer à celle qui, je veux encore le croire, m'attend quelque part. Un jour nous nous croiserons. Et la vie s'ouvrira sur un grand champ de bonheur simple à moissonner à deux en y semant, chemin faisant, une, deux ou trois petites graines qui pousseront arrosées d'amour et de tendresse.

Boulot, amour, enfants, ce programme me paraît

tout à fait réalisable et je sais qu'alors j'oublierai tout ce passé.

Le pré est vide, mon cœur aussi. Mais l'homme est debout, ma main est tendue.

Aux côtés de mon papa que j'ai beaucoup aimé et admiré.

Blanche de Fontarce, à Châteauroux, l'orphelinat où j'ai été placé à l'âge de 14 ans.

Martizay, village de mon enfance… village de mes souffrances.

Devant la maison de mon enfance. Chaque matin, notre chat nous accompagnait au bout du chemin, à 500 mètres de là.

5428

Beaucoup de bons souvenirs, à l'école de Martizay. Le directeur y était sévère, mais il fût mon maître préféré.

Mon métier, c'est une passion. Je ferai tout pour redevenir paysan.

Une pause au café de Martizay, le temps d'égrener quelques souvenirs.

Aux côtés de Karine Lemarchand, je découvre les premières lettres de mes prétendantes.

Je suis toujours heureux de l'accueil que l'on me réserve, comme ce soir-là, au stade de la Berrichonne Football, à Châteauroux.

La photo de mon exploitation quand elle était encore florissante.

13

En attendant que ma belle se reconnaisse, je profite encore de ma petite notoriété. On me reconnaît dans la rue, on m'arrête, pour une photo, pour un autographe ou pour un verre, tout cela frisant quelquefois la folie douce.

Je suis invité sans cesse. On me demande d'être là dans des manifestations diverses et variées et on annonce ma présence au micro. On signale ma présence lors d'une fête locale, sur l'affiche, avec l'espoir très fondé d'attirer plus de monde. Au début je craignais cette popularité. Je suis un ancien grand timide. À présent, je supporte mieux et soyons franc, j'aime assez cette reconnaissance, peut-être parce qu'elle m'étourdit et me permet quelque part d'oublier les tracas. Mais aussi et avant cela parce que je suis toujours étonné que les gens m'aiment vraiment alors que je n'ai fait que passer à la télé.

Ce qui me subjuguera toujours, c'est le délire que je peux déclencher chez certaines jeunes filles qui crient, sautent en l'air, tombent en extase, pleurent de joie. Franchement les filles, je suis ému et touché mais enfin, je ne suis quand même ni Cloclo ni Justin Bieber.

Alors bien sûr, je sais que tout cela va se tasser les ans passants, qu'un jour on me croisera sans même me voir.

Sans doute ce jour-là, serai-je totalement heureux, car au bras de celle qui aura fini par être au bout du chemin.

J'ai été invité par quelques radios et chaînes de télé pour de petites apparitions dans des émissions. Là, au vu de la gentillesse de ceux qui m'ont reçu, je me suis souvent demandé après coup, si on ne s'était pas un petit peu servi de moi pour servir l'audience… Mais bon je m'y suis prêté de bonne grâce. Prêté étant le terme exact. À bon entendeur salut.

Le monde étant petit, j'ai croisé des gens pas plus connus, ayant fait les mêmes émissions et ayant touché un petit mais normal défraiement.

Alors le gentil Jean-Mimi, il est toujours aussi gentil, mais un tout petit peu moins con.

N'y voyez aucun orgueil mal placé, je n'ai pas la grosse tête. Je pense juste, expérience à l'appui, que tout travail mérite salaire. Il est un peu trop simple de se servir de la pauvre petite notoriété d'un candidat à une émission, fut-elle de télé réalité, pour en tirer un peu plus d'auditeurs ou de téléspectateurs gracieusement.

Quand un chanteur ou un acteur vient dans une émission, il y fait la promo de son film ou de son disque, il sait qu'en retour il sera payé via l'impact de son passage à l'antenne qui augmentera ses ventes.

Moi, nous, nous n'avons rien à vendre. Juste à venir gentiment servir l'émission. Alors je pense qu'un service en vaut un autre et que le bénévolat est une noble cause, mais que je ne l'épouserai plus sous cette forme…

Le Jean-Mimi, il se méritera à l'avenir.

Coup de gueule…

Cela n'empêche pas l'engagement et le bénévolat. Ainsi, le 12 décembre 2012, Loïc, candidat de la saison trois, a invité plusieurs d'entre nous à participer au Téléthon de sa commune, dans les Deux-Sèvres. On a posé pour un calendrier qui a rapporté près de 4 000 euros. J'ai aussi fait tirer des photos, pour une séance de dédicace à Tours, au profit de l'association Un sourire pour tous…

Cependant, j'entends et lis ici et là des nouveaux participants à « L'amour est dans le pré » qui crachent dans la soupe par médias interposés. Je trouve ces comportements stériles, puérils, inutiles. Fallait pas venir.

Si au départ on n'a pas une démarche sincère et unique, qui est de trouver l'âme sœur, on reste dans sa ferme.

C'est une très belle émission. Tout y est mis en œuvre pour que nous soyons à l'aise pendant les tournages. Les équipes, qu'elles soient celles du terrain ou celles, plus administratives, se mettent en quatre pour nous accueillir, nous entourer, nous guider. Alors arrêtez de vilipender l'émission sous prétexte que vous n'y trouvez pas votre bonheur.

Certes, il est difficile de passer du stade de paysans inconnus à participants, sous l'œil des caméras. Mais on décompresse vite, on oublie vite le cameraman. Après, c'est un jeu que l'on accepte de jouer dès l'inscription. Alors jouez-le jusqu'au bout.

Futurs candidates, candidats, futurs prétendants, prétendantes, écoutez un déjà vieux de la vieille. On vous offre une occasion unique de connaître peut-être le bonheur, alors prenez-la sans arrière pensée et soyez reconnaissants envers les équipes de production qui sont irréprochables. Coup de cœur…

Bien sûr, il peut y avoir des saisons meilleures que d'autres, la nôtre fut en tout point exceptionnelle et ce n'est pas par hasard si, aujourd'hui encore, nous nous rencontrons chez l'un ou chez l'autre, si nous nous appelons, si nous sommes restés en contact.

L'ambiance fut extraordinaire et il est dur (je suis bien placé pour le savoir), les honneurs du petit écran passés, de se retrouver sans amour et pour moi, pire, sans pré. Mais cela n'entache en rien les amitiés liées et gardées par les participants. Lorsque nous nous retrouvons, ce ne sont que rires, ripailles et petits ou grands bonheurs. Je continue à jouir de la notoriété qui m'est tombée dessus post-émission. Une invitation du club de foot de Châteauroux, en tribune VIP, s'il vous plaît avec annonce de ma présence au micro. Séances de photos et de dédicaces. Rencontre avec les joueurs, les dirigeants, les sommités locales. Un passage à un salon du livre. Rencontre avec un ex-président de la république. Un passage par ci. Rencontre avec une ex-star de cinéma « x ». Un passage par là. Rencontre avec une comédienne de série policière reconnue.

Un passage par là-bas. Une rencontre avec deux frères, vedettes du petit écran depuis des lustres.

Toutes et tous dédicacent leurs ouvrages, moi j'attire les minettes, appareil photo en folie, cris de joie, questions multiples. Une fête agricole locale. On sort le Champagne, les petits fours aux côtés de madame la sous-préfète, du capitaine de gendarmerie, d'un président de région, pour la grande joie de la presse locale.

Un concours du plus gros mangeur de fromage de chèvre. Je le remporte, sans forcer ni mon talent ni mon appétit sous les flash crépitant et les applaudissements enthousiastes.

Une fête du lait en campagne et c'est une gentille

quinquagénaire qui fond en larmes en m'embrassant et en m'offrant une carte de sa production personnelle. Allez savoir pourquoi mon choix s'est porté sur la seule carte avec un dessin de coquelicots…

Un « sommet de l'élevage », un salon agricole en Puy de Dôme, mon interview par une journaliste sympa, suivie d'une invitation dans un restaurant Clermontois et les très gentilles serveuses me reconnaissant qui m'offrent un dessert auréolé d'une dédicace en chocolat « L'amour est dans le pré ». Passage dans un bar local, où je serai assailli par une bande de jeunes filles en fête, photos, autographes et cette phrase de celle qui arrosait ses vingt-trois printemps qui me fit chaud au cœur :

— Jean Mimi, tu es le plus beau cadeau que j'ai reçu ce soir.

Descente de bus à Tours :

— Je rêve ou vous êtes Jean-Mimi de « L'amour est dans le pré » ?

— Non, non vous ne rêvez pas mademoiselle c'est bien moi…

— Ben ça alors ! Dans le bus je m'disais aussi. Moi c'est Nathalie je suis masseuse.

— Enchanté Nathalie. Masseuse à Tours ?

— Oui, si vous voulez je vous offre un massage quand vous pourrez.

— C'est chouette ça, merci, ok j'accepte.

Et hop…

Le Jean-Mimi à plat ventre sur la table de massage de -je jure que je ne le fais pas exprès- Nathalie, troisième du nom.

Comment aurais-je pu penser, quand je bossais d'arrache-pied dans ma ferme, qu'un après-midi de printemps, le soleil brillerait dans mon cœur sous les mains professionnelles d'une masseuse.

Un match de foot, tribune VIP, champagne, autographes, photos et fin de soirée en discothèque avec danseuse sexy. Je suis en proie au délire des « nightclubeuses » locales.

Et même, comme quoi nul n'est prophète en son pays, une jolie jeune fille surprise de ma notoriété, qui ne m'avait jamais vu ! Circonstances atténuantes, mademoiselle n'a pas la télé. Comme quoi tout arrive.

Un resto Tourangeau… Une table de convives qui me reconnaissent et m'abordent. Ils sont espagnols, vivant à Grenade et m'ont vu en regardant l'émission dans leur douce Andalousie.

Et maintenant…

À la presque fin de ce récit de ma vie, penser -et j'y pense- à trouver un travail.

Ma notoriété relative commence à m'entrouvrir quelques portes non dénuées d'espoirs intéressants. Une possible suite à ma ferme en devenant responsable d'élevage bovin. Une peut-être reconversion vers la culture du melon dans le sud de mon bon Didier qui le cultive lui aussi avec tant de passion. En attendant, une certitude de quatre mois de taille des vignes, sudistes elles aussi, qui me permettront d'attendre que monsieur le mandataire cède mon exploitation à quelques charognards n'attendant plus que cette mise à mort, sachant que de cet argent sonnant et trébuchant, je ne verrai pas un kopeck, bien entendu.

Une autre piste se dessine, qui me mènerait en Normandie et ma foi, je m'y sentirais bien pour y commencer à revivre.

Quelquefois, dans mes rêves éveillés les plus fous, je me dis que je pourrais toujours tenter d'écrire à une candidate de « L'amour est dans le pré » des saisons à venir… N'est-ce pas, gentille Karine.

Je suis sûr que cette lettre te ferait éclater de ton si beau rire spontané.

Mais dans mes rêves plus terre à terre, je vois surtout

venir, que ce soit du sud, de Normandie ou d'ailleurs, une douce, tendre et vraie femme en quête d'un grand amour qui durerait éternellement dans une vie simple.

Nous irions main dans la main sur le chemin de cette vie douce, emplie de rires d'enfants et les jours de fête, nous irions dans le pré pour nous assurer que le bonheur y est.

En attendant, je continue à prendre la reconnaissance que tout le monde me porte comme elle vient et à engranger toutes vos marques d'amitié, d'amour, de sympathie comme elles me viennent.

Sachez que grâce à vous toutes et tous, j'ai pu continuer à vivre, réapprendre à sourire, continuer à marcher au-delà de tous les aléas de cette putain de vie qui ne m'a pas épargné, pour aller vers une belle vie que j'épargnerai en souvenir de vous.

Et quand je dis « putain de vie », je sais chaque jour un peu plus de quoi je parle puisque, cerise sur le gâteau d'anniversaire de ma belle Clermontoise, en revenant de ce sommet de l'élevage, une gentille conductrice n'a rien trouvé de mieux que de ne pas me céder le passage et d'emboutir ma voiture qui en a profité pour rendre l'âme, elle qui m'était d'un secours quotidien depuis des années.

Le choc fut violent, elle me crut mort et moi aussi. Enfin, jusqu'à ce que je me réveille avec un non moins gentil pompier dans une ambulance m'emmenant au CHU de Tours d'où je ressortis avec beaucoup de chance, quelques contusions et les muscles d'une jambe un peu écrasés. Plus de peur que de mal, une voiture à la casse, un remboursement à deux francs six sous… À part ça tout va bien mon vieux Jean-Mimi.

Cet accident terminera ce récit en attendant des jours meilleurs qui, j'en reste persuadé, finiront par arriver.

Je remercie mon ami et écrivain qui a eu la bonne idée de me prêter sa plume pour vous écrire ces mots et comme il m'aime bien, il va me la prêter encore un peu pour rédiger une petite annonce qui me tient à cœur…

Sait-on jamais ?

« Le pré est vide… mon cœur aussi. Alors, sans modération, venez le remplir si vous êtes douce, tendre, simple, vraie, rieuse, gaie, et en mal d'amour fort et éternel. Je vous attends. Je sais que vous viendrez à moi et qu'alors, le bonheur enfin sera dans le pré. »

Pour communiquer avec Jean-Michel sur Facebook,
tapez « Jean-Michel, l'amour est dans le pré officiel »
dans la barre de recherche.

En compagnie de Didier, une belle amitié née lors de la saison 6 de l'émission.

À retrouver aux Éditions La Bouinotte

www.la-bouinotte.com

Jeanne des eaux vives
de Jeanine Berducat

Manuel de survie
à l'usage des 50 ans et +
de Léandre Boizeau

© Éditions La Bouinotte
36 000 Châteauroux. www.la-bouinotte.com
Achevé d'imprimer sur les presses de Finidr (UE)
Dépôt légal : mars 2013